마네킹을 보다

장남숙

경주 출생
부산교육대학교 국어교육학과 졸업, 동 대학원 석사
2016년 전국시조백일장 장원
2020년 〈부산일보〉 신춘문예 당선
2021년 우수출판콘텐츠 제작 지원 사업에 선정
한국시조시인협회, 부산시조시인협회, 부산여류시조문학회 회원
현재 부산 선암초등학교 교장
nsjang7@hanmail.net

마네킹을 보다

—

초판 1쇄 2021년 11월 1일
지은이 장남숙
펴낸이 김영재
펴낸곳 책만드는집

—

주소 서울 마포구 양화로3길 99, 4층 (04022)
전화 3142-1585·6
팩스 336-8908
전자우편 chaekjip@naver.com
출판등록 1994년 1월 13일 제10-927호
ⓒ 장남숙, 2021

—

ISBN 978-89-7944-777-4 (04810)
ISBN 978-89-7944-354-7 (세트)

책 만 드 는 집   시 인 선 1 8 3

마네킹을 보다

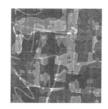

장남숙 시조집

책만드는집

커튼을 친다고 가려지는 것은 아니다.
바깥세상은 역동적이고
그 이면은 늘 꿈틀거린다.

그 꿈틀거림이
내 시조 한켠에도 자리하길 바란다.

2021년 가을
장남숙

| 차례 |

2부

3부

4부

1부

인형 뽑기

투명한
사각의 벽
파르르
떨리는 손

닿을 듯
미끄러지는
취준생의
희망 한 줄

출구를
건너지 못한
눈동자가
흔들린다

진 헤어살롱

스팸메일 지우듯 싹둑싹둑 잘라내도
낮 불 밝은 살롱은 루머가 크는 온실
엉터리 가짜 뉴스가 물들이며 치장이다

오랜 날 기다린 듯 끈 풀린 수다들이
해가 긴 오후만큼 끝없이 늘어지고
미용사 장갑 낀 손만 귀 닫고 한창이다

친친 감는 머리카락 뜬소문 리플레이
들통난 통화 내용 진짜라도 어쩔 건지
까맣게 염색한 세상 알고 보면 새치다

압력밥솥

숨죽인 뽀얀 얼굴 철커덕 갇힌 세상

밑바닥 조여오는 푸른 불꽃 등줄기

아우성 출구를 찾아 사방으로 흩어진다

창밖은 봄의 시계 끈 풀린 애드벌룬

압력은 정점에 닿아 이팝나무 꽃이 피고

천지에 실눈 뜬 봄이 폭발하는 중이다

싱크로나이즈

쭉 뻗은 하얀 다리 그물 속에 갇혔다
지하상가 스타킹들 입김을 불어 넣고
늘씬한 각선미 뽐내며 물구나무서 있다

눈앞에 보이는 게 전부는 아니라도
거꾸로 매달린 채 깊어가는 자락들
넘친 삶 비우고 나니 낮은 소리 들린다

잃어버린 몸뚱어리 통점의 아린 상처
외발로도 괜찮아 함께 설 수 있다면
허공 속 다리 마네킹 각 잡힌 사선 무늬

희망퇴직

자동차 신발 한 짝
약수터에 박혀있다

탱탱한 고속도로
페달 놓친 내리막

타이어 과속에 찍힌 날
맞댄 등이 훌쩍인다

해 질 녘

책상 위 쌓인 책들 모서리가 접혀있다

삭히지 못한 문장 낙관처럼 누르고

발효를 기다리는 행렬 쭈뼛쭈뼛 서있다

메마른 바닥 들쑤시는 간이역도 지나고

구겨진 모퉁이 풀면 그대가 번진다

내게는 몇 개의 모서리 접혀서 기다릴까

퀼트

자투리 문양 모아 유화 한 점 그린다
햇살 조각 맞추니 알록달록 피는 꽃
세상에 빛나는 것이 보석만이 아닌 듯

팽팽한 블록 틈새 찬 바람이 들었나
이 귀퉁이 꿰매면 다른 쪽이 뜯어지고
올 풀린 시간이 넘쳐 달그림자 쿨럭인다

매듭진 시간 풀어 한 땀 한 땀 다독이면
서로에게 곁을 주며 촘촘하게 깁는다
조각보 달빛에 기워 첫새벽을 안는다

골무

콕콕 찌른 거친 문장

검지에 걸려있다

퇴고한 자국마다

얼룩꽃이 후드득

한 폭의 책으로 필거나

시를 깁는 이 아침

마네킹을 보다

한 번도 제 옷을 입어본 적 없었다
얼기설기 시침핀 허리춤을 찌르고
온종일 부동자세로 눈을 뜬 채 꿈꾼다

당겨 온 계절 따라 거짓 웃음 흘리고
팻기 없는 그녀가 유리벽에 마주 선다
후다닥 갈아입은 옷 정가표가 도도하다

관절이 삐걱댈 때 쉼표 하나 생길까
레이스 자락 속에 시린 속내 매달았나
무표정 데칼코마니 한 번쯤은 걷고 싶다

지렁이

비 갠 뒤 보도블록 경계가 지워졌다

오후 햇살 미끌리며 맨몸 위에 앉는다

검붉은 몸뚱어리로 무얼 찾아 헤매는가

어둠뿐인 흙덩이 꿈틀꿈틀 파헤치다

문을 열고 나선 길 사방이 벽이라서

어깨에 내려앉은 물음표 그 무게에 휘청인다

회전문

2월의 바람들이 도시를 흔들고
콧대 높은 유리문 제자리만 빙그르르
출구를 놓쳐버린 새 유리벽에 갇혔다

이리저리 부딪치고 공회전만 수십 번
날개를 파닥거리다 푸른 멍 어깻죽지
상처로 뽑힌 하루가 발아래 웅크린다

정면으로 맞선 시간 열리지가 않았다
부드럽게 밀어야 세상 문은 돌아갈까
지문이 얼룩으로 남는다, 갇힌 새의 이력서

엄광로 325

반가움 꼭꼭 담아 아침을 달려간다

바람도 쉬다 가는 산복도로 작은 교정

먼저 온 작은 햇살들

까치발로 서있다

흙 한 줌 담지 못한 늙은 건물 덩그렇다

푸른 웃음소리 철봉 위로 매달리고

교문 앞 노란 민들레

등불 환히 켜 든다

화살

빡빡한 일상들이
손끝을 파고든다

튕겨 나간 속엣말
허공에 맴을 돌고

어머니 눈물의 과녁
붉은 해가 일렁인다

낡은 감나무

심곡리* 산모퉁이 붉은 화인 걸려있다
늦가을 바스락대는 갈색 잎의 신음 소리
실금 간 잎사귀마다 가뭇가뭇 지난 흔적

오늘을 기다리다 충혈된 두 눈으로
옷소매 붙잡으며 늘어지는 붉은 감
낙하가 커져갈수록 그 속내 으스러진다

누렇게 뜬 시간은 뒷전으로 밀치듯
공기가 빠져나가 무릎 닳은 늙은 집
이따금 빈집에 서서 나도 함께 흐른다

* 경북 월성군 서면 심곡리.

26

스팀다리미

배시시 뿜어내는 흑백필름 파노라마

직진으로 달려간다 후진도 괜찮겠지

구겨진 하루 체면쯤 말짱하게 날린다

매연과 먼지 속을 헤집고 온 그들이

풀잎처럼 팔랑이며 하얗게 일어선다

희망이 내걸린 도로 새 얼굴 분주하다

부전시장

한가위 단대목에 부전시장 들썩인다

상인들 호명 소리 끌려온 제수용품

녀석들 허우적대며 바구니에 안긴다

시장 어귀 난전에 뒤엉킨 푸성귀들

도라지 껍질 벗기다 빠져든 꿈속 여행

할머니 색동옷 입고 고향길이 바쁘다

2부

삼선슬리퍼

삐걱대는 빌딩숲 고시촌이 들썩인다
화려한 스펙 앞에 휘청이는 청춘들
상아탑 푸른 함성은 아슴아슴 야위고

입동의 시린 바람 벼랑 끝에 내몰린다
출구 없는 터널 안 심혈관을 조여오고
부르튼 어깨 너머로 저당 잡힌 또 하루

나뭉구는 낙엽 위 세상 무게 쌓인다
고층의 유리벽에 반사되는 이력서
허공을 펄럭거리며 푸른 꿈을 꾸고 있다

띠엔*

수면에서 허우적 발만 동동 구르다가

깨금발로 자리 잡고 온몸을 부풀린다

단 하루, 보랏빛 눈을 뜬다 세상 환한 물옥잠

* 베트남에서 시집온 한 여성의 이름.

횡단보도

부스스 꿈결 따라 하루가 또 열린다
출근길 도로 위로 발뒤축의 아침 인사
오늘을 당기는 물결 꿈을 향해 달린다

부르튼 시간들이 거친 숨 몰아쉰다
메마른 얼굴 위로 곱씹은 속울음
얼룩진 실타래 풀어 새날을 수놓는다

숨 고르는 정류장 돌아보면 아득하다
또각또각 건너가면 새 길이 다가올까
터널 속 놓친 꿈들이 신호등에 걸려있다

납작집

내리막 부여잡고

할머니가 길 나선다

그림자 길게 뻗은

돌담을 더듬으며

관절이 닳아버린 바람

계단 앞에 접혀있다

늙은 문에 한 줄 이름

훈장처럼 달려있다

붕 뜬 시간 위로

주저앉은 이야기

틀어진 문과 처마에

햇살 뿌려 다독이고

키보드를 읽다

올록볼록 기호가 탭댄스를 추고 있다
뒤엉킨 깨알 글씨 커서cursor는 종종걸음
흐릿한 안경 너머로 손끝이 부산하다

접었다 펼친 마음 모니터가 받아 읽고
행간을 뛰쳐나온 붉은 마음 일렁인다
꽃물 든 마음자리에 바람길은 터줘야지

어디쯤 가고 있을까 흘려보낸 꽃잎 하나
팍 찌르는 아침 햇살 문틈 새 말을 걸고
곱씹은 얼굴 하나가 꿈틀대며 일어선다

꿈을 털다

오후 햇살 파닥파닥 대변항에 쏟아진다
만선의 기쁨 싣고 입항하는 희망호
어부의 노래 한 자락 뱃고동은 추임새

그물코에 박힌 멸치 고공 낙하 어지럽다
온몸을 관통하는 얼룩진 파편 잔해
더 높이 후리는 소리 지난밤을 털어낸다

해풍에 꾸덕꾸덕 아픈 속살 말라간다
짭조름한 바다 내음 은빛 물결 눈부시고
탱탱한 손수레 바퀴에 대변항이 출렁인다

부라더 미싱

실밥 터진 하루가 슬금슬금 다가온다

노루발로 맞이하는 멈춰진 소문들

드르륵 품에 안기는 소리 커튼이 일렁인다

감춰진 검은 속내 뒤집어서 마주 본다

꽉 누른 가름솔로 평평하게 맞잡으며

뒤엉킨 회색 실밥들 잘근잘근 잠재운다

빈둥지증후군

빈 꼭지 하나 달고 하늘에 기댄 감나무

봉긋한 초록 이마 미끌리듯 깨어난다

꽃보다 더 꽃 같은 너 우주를 품었구나

잔가지 거미줄처럼 사방으로 기웃대고

토실한 가을 안쪽 붉은 등 쏟아진다

온기가 빠져나간 감꼭지 찬 바람에 뒤척이고

왈칵

팽팽한 오후 햇살 빨랫줄에 내걸린다

꽃무늬 몸뻬바지 환하게 웃고 있는

빛바랜 시간을 당겨 운동회 날 마주한다

어머니 붉은 울음 가을볕이 쓸고 간다

마른 낙엽 떨구며 다독다독 품어주신

눈물비 켜켜이 쌓여 쏟아진다, 왈칵

섬진강

섬진강 맑은 물에 욕심을 풀어둔다

은빛 모래 속살대고 수다가 익어갈 때

녹음의 넉넉한 가슴 가만히 안겨본다

삼삼오오 여인네 다슬기잡이 한창이고

빽빽한 나무 사이로 파란 하늘 투신한다

윤슬에 미끌린 오후 강바람이 향기롭다

래퍼

16비트
가락에
칠월 땡볕
후려치듯

명치끝
고인 말들
라임으로
부려낸다

성마른
바닥을 치며
달려오는
소나기

그래도 핀다

노란 웃음 떨림 따라 꽃길을 달려간다
산등성이 어깨 걸고 감싸 안은 청도 들녘
나른한 산 그림자는 강물 위에 몸을 풀고

속살대는 바람결에 작은 잎새 눈을 뜬다
휘돌아 선 한켠에 허리 잘린 산등성이
질펀한 뿌리를 세워 허공에 침묵시위

흔들리는 동공 앞에 하루가 날이 선다
온기 잃은 실핏줄 토해내는 메마른 숨
눈물은 바위를 쪼개 새순을 잉태하고

뫼비우스의 띠

할머니 야윈 등이 골목길을 끌고 간다
새벽녘 시린 달빛 자박자박 걸어오고
불어난 세상 무게가 수레에 앉았다

올 풀린 시간들이 거리로 쏟아진다
덜컹이는 새벽바람 초점을 잃어가도
호흡을 가다듬으며 거리를 닦아낸다

모란꽃 환한 웃음 자식에게 내어주고
비탈길 누비면서 꿈을 줍고 있나 보다
아침 해 뒷굽 들고서 수레를 밀어주고

압축 파일

등산로 한 귀퉁이 기울어진 통나무 의자

팔다리 잘린 채로 몸통만 덩그러니

홀쭉한 압축 파일 보며 산목련이 수군댄다

옆구리 파고드는 운지버섯 한 무리

갈라진 나이테 틈새 개미들의 종종걸음

그늘을 살찌우는 시간 생명을 품고 있다

부산시민공원 1

빼앗겼던 산소통을 제자리에 갖다 놨다

갑갑하게 숨을 쉬던 대도시의 앙가슴에

칼국수 반죽판같이 그것도 엄청 넓게

어둠이 포개져도 벌렁벌렁 편안하다

여기저기 들려오는 풀벌레 노랫소리

여름밤 들숨 날숨이 이야기꽃으로 피어난다

대평동, 깡깡이 아지매

단단한 줄 하나를 온전히 걸지 못해
서슬 퍼런 절벽 위 외줄 타는 곡예사
떼어낸 잿빛 녹가루 발아래 가득하다

얼기설기 족장 위 휘청이는 갯내음
녹슨 시간 다독이면 내일은 눈부실까
얼룩꽃 눌어붙은 자리 파도가 몸을 떤다

새소리 옅어지고 물길도 삐걱대는 곳
긴 항해 회색 외로움 두드리고 녹이는
깡깡이 처연한 노랫가락 들어본 적 있는가

시소

- 코로나 19

아파트 귀퉁이에 텅 빈 시소 졸고 있다

한참이나 기울어진 눈금판 다시 본다

햇빛도 그늘만 같아 기다림에 지친 날들

카페베네

갓 볶은 원두커피 선잠을 걷어낸다
미세한 찌꺼기들 아침을 당겨오고
중독된 수만 개의 컵 거리를 질주한다

뜨거운 입김처럼 모임들이 오가고
불협화음 시간들 말랑하게 익어간다
현란한 바리스타의 손 하루를 읽어내고

얼기설기 간판들 거리를 물들인다
휘청대는 메뉴판 발바닥이 부풀 때쯤
카페의 통유리창에 오후 햇살 내걸린다

3부

찜질방 백서

투명한 모래시계 허리가 잘록하다
뱃살을 밀고 당기는 반라의 여인네들
또르륵 흘러내리는 땀방울이 수런댄다

조여오는 열기 속 하루가 홀쭉하다
흐릿해진 초점에 소금꽃 어룽지고
수다는 경계를 풀어 황토방 넘나든다

사막 같은 도시를 맨발로 걷는 모래시계
뙤약볕 터진 살 기워 바람 솔솔 덧바른다
이따금 물구나무서서 가던 길 돌아본다

국수 삶기

달아오른 국수 냄비

들썩거리는 거푸집

찬물 호령 한 바가지

바람 빠진 풍선처럼

민낯의 부푼 가닥들

채반 위에 똬리 틀고

굽은 나무

이마트 앞 벤치에 구부린 등이 있다

졸아든 어깻죽지 펴지 못한 그림자

마법의 주문을 외며 꿈꾸듯 흔들린다

외줄 타는 공사장 절뚝이는 바람이다

비닐봉지 부푼 빵 취기 오른 고민들

냄새가 그루터기에서 하루 종일 맴돈다

술래잡기

눈 내리는 차창 밖은 내 동심의 수묵화다
낙엽 져 홀몸으로 뒤척이는 시어詩語들
가로수 도열한 채로 하늘에 퇴고하는

시어는 간당간당 손끝에서 흔들린다
문풍지로 새어 나가 낱말들을 불러봐도
촘촘한 종장의 뜰채 삐쩍삐쩍 말라간다

다시금 내 뜨락에 작은 씨앗 파종한다
한겨울 쑤욱쑤욱 속살이 차오르면
봄볕이 여무는 날에 새잎 가득 빛나겠지

그림자

결혼 예물 서랍장의 바람 빠진 손잡이 둘

푸석한 그 언저리 시간을 리폼한다

레일에 탑승한 하루 앞서거니 뒤서거니

고백의 시간

뽀얀 살결 조개 한 줌 한소끔 또 끓인다
도도한 절개마냥 꽉 문 입술 서너 개
기어코 주리를 튼다
시커먼 흙 가득할 뿐

한 바가지 소금물에 가만가만 담가둔다
스스로 자백할 날 뒷짐 지고 모르는 척
거품 뒤 아픈 속살을
온몸으로 풀고 있다

아 그래 세상일 보채며 외쳐대도
눈 지긋 하늘 자락 무심한 듯 바라본다
때 되면 그늘지듯이
고삐 놓고 기다리자

오후 5시

여미지 못한 끝자락 허공에 너풀댄다

저 혼자 피고 지는 치자꽃 달아날까

봄바람 꿈틀 꿈틀거린다

꽁꽁 싸맨 머플러

감잎 접시

헛짚어 떠돈 하루 자갈치에 다다른다
춤사위 갯비린내 노점상 부산하고
늘씬한 은빛 자태에 오후 햇살 말랑하다

노을이 마을 어귀로 하루를 끌고 간다
집집마다 몽글몽글 웃음 넣은 저녁 밥상
창 너머 가을 빛무리 탱글탱글 살 오르고

내 고향 안마당엔 납작감 두어 그루
감잎에 살짝 얹힌 구운 갈치 한 도막
가을이 내려앉으면 엄마 얼굴 어룽진다

1982

한새벌 푸른 교정 하얗게 밝힌 불들

개구쟁이 동심 속 꿈을 낚는 어부다

삼십 년 물결 속에는 배 한 척 고요하다

쇠미산 긴 그림자 달빛 위에 내리는 밤

쏟아지는 별빛 호수 반가움 띄워두고

말간 해 웃음소리가 순희 얼굴 닮았다

가을 목소리

촘촘한 누런 볏단 들녘이 졸고 있다

태풍에 까만 속내 쭉정이로 흐르고

가을볕 뒤돌아본다

멈칫멈칫 못다 한 말

용량 초과

출렁이는 시간들 회색 건물 에워싼다

잽싸게 직진이다 숨소리도 잠재우고

삐삐삐 기계음 신호 눈치작전 발령 중

좁은 틈새 밀치고 탄 욕심 한 줄 내린다

텅 비운 새의 뼛속 가볍게 오르고

경계를 지운 얼굴들 눈웃음이 싱그럽다

매미, 트로트

더듬대는 발성 연습 애타는 무명 가수
나른한 시간 앞에 뜨거운 울음 토해내도
꺾어진 트로트 가락 도로 위에 흩날린다

가슴앓이 지친 날은 박피로 분장한다
출구를 찾지 못해 하얗게 야윈 얼굴
목까지 차오른 말은 날개에 새겨볼까

덜컹이는 오르막길 숨 가쁜 내리막길
공복의 긴 창 열고 허물 벗는 무대 위
쭉 뻗은 푸른 더듬이 그 날갯짓 눈부시다

은행잎 디저트

콧대 높은 순두붓집 대기표가 늘어진다

품 넓은 은행나무 흩날리는 하얀 속살

노란 잎 호명을 받아 든 채 미각세포 앞서간다

팔다리 잘린 단면 쓴맛 밴 옹이들

살다 보면 아린 기억 누구나 있는 게지

샛노란 은행잎 디저트 그리움을 먹는다

새싹보리

햇살에 꿈틀대는 퉁퉁 불은 알갱이
직립의 부푼 꿈 하나 뭉근히 기다린다
조그만 물기 머금어 발을 내민 여린 몸

언 땅 위 밟힌 자국 다져지는 습성으로
일어서는 저 몸짓 내성은 깨어있어
수신호 너울거리며 스크럼을 짜고 있다

칸칸이 불을 밝힌 고시촌 담장 너머
낮은 곳 물들이며 느리게 걷는 바람
연초록 잎들 펄럭여라
공시생의 이력서

단풍, 그 후

눈 맞춤이 싱그러운 초록 옷의 그녀가
몽롱한 단잠에서 화들짝 깨어난다
꽃물 든 아침 햇살은 산 중턱에 걸려있고

시나브로 열이 나고 얼굴이 붉어졌다
가슴은 쿵쾅쿵쾅 뜬눈으로 지새우고
불같은 회오리바람 납작이 엎드린다

가뭄 속 자취 같은 하얀 각질 피어난다
열 손가락 마디 끝 혈맥은 옅어지고
늦가을 갱년기를 밟고 간다 바스락 바스락

유리 카네이션

- 코로나 19 어버이날

요양병원 면회실 경계가 짙어진다

어둠 귀 밝혀놓고 하얗게 핀 시간들

온기가 빠져나간 앞섶 기다림이 흐리다

빠알간 카네이션 유리창에 붙여두고

수화의 속엣말 바람이 축축하다

손금을 포개는 유리벽 흥건하다, 눈물 자국

4부

통조림

한껏 꾸민 얼굴들이 진열대에 끼어있다
고향 바다 뒤로하고 진공 속 웅크린 채
한순간 바코드에 읽혀 드디어 탈출이다

주렁주렁 꽈리처럼 부풀었던 시간들
털어도 짓이겨져 달라붙은 하얀 속살
멍들이 찌그러진 캔에서 쏟아진다 와르르

젖은 구름 널어놓은 뜨엉*의 푸른 꿈
순백의 아오자이 눈물꽃 어룽지고
푸석한 결혼계약서 가던 길 딱 멈춘다

* 베트남에서 시집온 한 여성의 이름.

71

풍란

시퍼런 절벽 위를 타고 넘는 곡예사

경계를 지운 하얀 발 무게중심 흔들린다

새하얀 부채 끝자락 휘청거리는 하늘가

병풍

여덟 폭의 너른 치마 북향으로 앉았다

종부는 곁눈질로 홍동백서 읽어내고

자욱한 향불 너머로 침묵도 따라온다

정갈한 매무새로 무릎 낮춘 제기들

한 땀 한 땀 수놓던 어머니 말씀 따라

해마다 같은 날이면 환하게 웃고 있다

메트로놈

성지곡 수풀 사이 날아가는 새 한 마리
네트를 넘나들며 포물선을 그리고
엉덩이 반쯤 들고서 출구를 노려본다

오선 위 춤을 추는 메트로놈 초록 일상
스멀스멀 욕심 한 줄 스매싱을 날린다
궤도를 이탈한 셔틀콕 어디로 가버렸나

미세한 바람에도 파르르 떨리는 손
찢어진 깃털 조각 얼기설기 꿰맨다
날개가 초록을 펴는 아침
비상한다, 셔틀콕

낮은 함성

싹둑 잘린 몸뚱어리

옆구리가 저리다

절뚝이는 옹이들

초록 귀는 자라나고

지상에

닿지 못한 기록들

퉁퉁 불은 행운목

유리공

더운 숨 한 올 한 올 대롱 끝에 모은다
가슴속 뜨거운 불 용해로에 내준 한낮
날이 선 유리공의 눈빛 한여름이 서늘하다

오직 한길 삼십칠 년 열꽃으로 핀 자국
부풀었던 시간들 형상마다 각인되고
뼛속이 투명해질 때쯤 꽃나비 돋아난다

휘몰아친 바람결 숨죽이며 걸어왔다
너절한 세상 솔기 유리물로 꿰매고
땀이 밴 바짓가랑이 숨소리도 푸르다

목도리

산비탈 작은 동네 출근길이 차갑다

아스팔트 각질을 온몸으로 비집고 온

가녀린 목련 가지의 솜털 얼굴 눈부시다

매서운 겨울바람 가지 끝을 흔들어도

낮은 곳을 감싸주는 따뜻한 목도리

도시를 포옹하는 오늘 목련은 피겠다

비눗방울

휴일 한낮 공원에서 버블쇼를 보았다
큰 방울 속에 갇힌 촘촘한 작은 방울
한순간 터질지 몰라 숨죽여 온 생의 퍼즐

요양원 병상 한켠 링거 수액 흔들린다
바람이 떠드는 소리 안으로 삭이면서
순한 눈 부딪치면서 바람 따라 걸어온 길

봄날 벚꽃 터지듯 비눗방울 솟구치고
마술사 손끝 너머 오색 무지개 걸려있다
할머니 한평생 찾던 무지개 눈동자에 잠긴 날

어머니

서랍장 뒤적이다 눈길 닿은 사진첩

무임승차 타임머신 정차된 간이역은

빛바랜 가족사진에 붉어지는 눈시울

졸린 하루 다독다독 장사 나간 오일장

이고 온 광주리에 달빛 하나 백도 두 알

곰삭은 그리움 엮어 하늘가에 심는다

부산시민공원 2

만삭의 빌딩숲 속 어둠이 포개진다
따스하고 너른 품에 몽글몽글 돋는 꽃
부산한 발자국 소리 졸린 나무 눈 비비고

기울어진 하루가 실눈을 가만 뜬다
뿔뿔이 흩어진 관절 파도타기 한창이다
화들짝, 쏟아진 폭포 난무하는 유리구슬

새침한 거울 연못 바람결에 속삭인다
다솜관 앞 작은 벤치 맞잡은 다정한 손
호숫가 풀벌레 합창 여름밤이 익어간다

비밀번호

옆구리 새어 나온 가을바람 결 따라

허기진 배를 안고 재촉한 늦은 귀가

어둠 속 이방인 되어 매의 눈 단단하다

장승처럼 버티고 선 차가운 도시의 섬

정적의 세포만이 시간을 늘여놓고

띠 띠 띠 봉인 해제에 입꼬리가 올라간다

서운암 꽃밭

작약이 형형색색 허공에 피어있다

청향 한 올 물어 올려 연등 밝힌 금낭화

불두화 하얀 기도 소리

영축산에 번진다

운문호

흩날리는 꽃잎 따라 운문호에 다다른다
멈춰진 시간들 덮어버린 밑그림
다리는 반쯤 잠겨서 망향정*에 걸려있다

육백오십칠 번지들이 침묵으로 퇴색하고
비상하던 젊은 날 화석처럼 굳어있다
그날의 은빛 미소가 잠긴 대문 두드리고

굽이굽이 생의 고비 얼룩진 삶의 그늘
멍든 가슴 내어주며 붉은 울음 삭이시던
어머니 야윈 숨소리 물결인 듯 일렁인다

* 1985년 운문호 건설을 위해 7개 마을의 657가구가 수몰되었다. 그
가족들을 위로하기 위해 만든 전망대.

분꽃 소녀

해 질 녘 골목 어귀 올망졸망 모여 앉아

가녀린 긴 목덜미 진홍빛 고운 입술

분으로 몸단장하고 여름밤과 바투 선다

꽃귀걸이 달랑달랑 몸놀림이 수상하다

수줍어서 돌아서고 입술을 오므리면

까맣게 타버린 속내 흑점으로 피어난다

봄을 조율하다

봄 터지는 소리에 거리는 꽃 잔치다

햇살은 리듬 맞춰 출연 시간 조율하고

도시는 가장무도회 하루해가 바쁘다

왈츠의 선율 따라 개나리는 진두지휘

꽃 마디에 모여 앉아 기다리는 음표들

길섶의 노란 민들레 대기표를 쥐고 있다

맨드라미

자줏빛 벨벳 드레스 한 움큼 잘라다가

발가벗은 뙤약볕 화관으로 얹은 한낮

팔월을 지키고 서있는 저 꼿꼿한 수문장

추신

행간에 놓친 마음 어디쯤 가고 있나

설핏한 낮달 얹은 물이랑 편지지 끝

마알간 강물 흐른다

마른 꽃잎 얹어서

워킹맘

칭얼대는 세 살배기 영상 한 컷 물리고

삐쩍 마른 토스트 반쯤 삼킨 식탁 모서리

과적인 진양사거리 아침이 미끄러진다

끝물이 된 빨간 신호등 눈썹을 그린다

빗발치는 경보음에 시간이 묶여있다

아침이 미끄러진다 오늘을 리셋한다

타자에서, 사회 현실, '나'에게로 이르는 시학

손진은 시인·문학평론가

 3장 6구의 짧은 형식 속에 망해버린 왕조를 향한 억누를 길 없는 회한과 한숨을, 새로 탄생한 왕조의 일을 함께 하자고, 안 된다고 격렬하게 자신의 뜻을 펼치는 두 젊은이의 논쟁을, 먼 이국땅 볼모로 잡혀가던 신하가 이젠 다시 보지 못할지도 모르는 성읍을 호명하는 애잔함을 담아내던 시절이 있었다. 「오백 년 도읍지를」(길재)과 「하여가」(이방원) 「단심가」(정몽주) 「가노라 삼각산아」(김상헌)가 그것이다. 어법이 직설적이라고, 세련되지 못했다고 누가 알량한 관점으로 비평할 것인가? 적어도 거기에는 국가라는 절체절명의, 가장 첨예한 현실이 담겨 있는 것이다. 조선 후기 이름 없는 민중들이 창작해 낸 사설시조도 예외는 아니다. 그때 창작 주체였던 서민들은 변화하는 시대를 반영하면서 풍자와 해학 등의 기법을 사용하여 현실의 폐부를 더 예리하게 비판하며 다가올 시대를 예감하고 있었던 것이다. 현실에 기반하지 않는데 어떻게 감동이 우러날 것인가? 현실이 있고 기교가 성립하는 것이다. 거칠게 말하면 모든 시가의 감동은 내용 없는 기교에서 우러나지 않는다.

시조時調는 출발부터가 '시절의 노래', '당대의 노래'였다. 마찬가지로 오늘에도 시조는 당대의 노래다. 경景, 률律, 시時 어느 것 하나 시조에서 빠질 수 없는 요소이지만 그중의 첫 번째는 시時가 되는 이유가 여기에 있다. 그러나 요즘 현실을 효과적으로 담아내기는 쉽지 않다. 거대 담론이 사라진 지 오래되었고, 현실의 변화 속도는 따라잡기 어려울 정도로 빠르기 때문이다.

이제 막 설레는 첫 시조집을 내는 장남숙 시인의 작품들을 읽으면서 새삼 당대성의 문제를 생각하는 것은 이 시인이 시조의 본령을 참 다부지게도 지키고 있다는 인식에서다. 그녀는 우선 무엇보다 '오늘의 문제'를 벗어나지 않는다. 후기산업사회와 SNS, 국경이 없는 시대라는 당대적 현실에서 파생되는 인간성 상실, 실업, 다문화, 가난을 비롯한 우리 사회의 빛과 그늘의 국면과 세목을 다채롭게 조명한다. 이를 기반으로 자신의 감정을 4음보의 일정한 '율'에 실어 보내고자, 한 어절, 한 단어조차 허투루 쓰는 법이 없는 태도, 나아가 시조 고유의 가락을 팽팽하게 당겼다가 풀었다가 하면서 언어의 탄력과 흐름에 들인 공력을 주목할 수 있다. 여기에 더하여 다양한 글쓰기 방식, 비유와 상징, 풍자를 통한 눅진한 서정성과 깊은 감동까지 보여주고 있다.

시인은 대상들에 살갑고 따뜻한 언어의 옷을 입혀가며 자신의 삶과 시대적 현실을 투사시킨다. 그때도 그녀는 시조라는 틀과 가락에 담아 절제된 어조와 형식으로 가라앉히려는 태도를 보인다. 현실과 삶의 본질을 투시하는 눈, 그것을 절제된 언어로 응집시키고 풀어내는 언어형식, 이 중심축을 기반으로 장남숙의 시조 창작이 이루어지고 있다.

장남숙은 우선 낱말의 교직 속에 서정성을 발현하여 세상살이의 깊이에 접근한다. 이는 리얼리즘의 세계 속에 유려하고도 곰삭은 서정이 녹아 있음을 의미한다. "16비트/ 가락"을 "성마른/ 바닥을 치며/ 달려오는/ 소나

기"(「래퍼」)로 유비하고, 팔다리 잘리고 몸통만 남은 의자
를 "홀쭉한 압축 파일"(「압축 파일」)로 명명하며, 오랫동안
타국군의 소유가 되었던 땅을 시가 돌려받아 조성한 공원
을 "빼앗겼던 산소통을 제자리에 갖다 놨다"(「부산시민공
원 1」)로 언어를 부리는 능력이 유쾌하다. "햇빛도 그늘만
같아 기다림에 지친 날들"(「시소」)에서는 별다른 기교가
없는데도 다시 읽게 하는 힘이 있으며, 셔틀콕이 왔다 갔
다 왕복운동을 하는 것을 메트로놈으로 보는 눈(「메트로
놈」)은 신선하기까지 하다. 목련 봉오리를 "낮은 곳을 감
싸주는 따뜻한 목도리"(「목도리」)로 표현하고, 다리미와
자동차, 옷과 도로를 은유로 잡기(「스팀다리미」)도 한다.

1

　장남숙 시조의 돌올함은 특유의 서정성으로 자신만의
시적 공간을 창출해 내는 능력에 있다. 이는 뒤에 언급할
작품들뿐만 아니라 이번 시조집에 실린 거의 모든 시조
들에서 확인할 수 있는 사실이다. 그녀는 후기산업사회
의 일상생활에서 보이는 사물 속에서 공간을 만들고 실
감 있는 사유로 이끌어내고 있다. 시조집을 여는 첫 번째

작품을 보자.

투명한
사각의 벽
파르르
떨리는 손

닿을 듯
미끄러지는
취준생의
희망 한 줄

출구를
건너지 못한
눈동자가
흔들린다
－「인형 뽑기」 전문

이 짧은 시조 한 편에서 우리는 취업난에 허덕이는 이
땅 젊은이들의 한숨을 본다. 테크노사회가 만들어낸 작

은 기기器機 속 공간이 우리 산업사회의 축소판이 되는 경이를 우리는 만난다. 형식적으로도 한 장을 한 음보 4행으로 분행하여 여백을 주면서, 3장을 12행으로 홀쭉하고 길게 디자인한 것은 취업의 문이 그만큼 비좁고 그 문 앞에 선 개인의 고독이 깊다는 것을 암시하기 위한 장치이다. 직장으로 표상되는 다양한 빛깔과 모양의 기호들 중에서 취준생은 자신이 선망하는 하나의 인형을 겨냥하여 "파르르/ 떨리는 손"으로 정성을 들이고 있지만 닿을 듯하던 희망은 오늘도 미끄러지고 만다. 한 단어 한 문장을 조심스럽게 따라가다 보면, 문을 열지 못한("출구를/ 건너지 못한") 젊은이들의 눈동자 속에 한숨과 깊은 고뇌가 만져진다. 인형 뽑기라는 개인의 일상 행위가 수십만의 복수로, 허리에도 미치지 못하는 작은 기계 하나 속 인형 더미가 무수한 기업과 관공서로 탈바꿈하는 것은 그녀의 시조가 현실에 튼튼히 뿌리내리고 있음은 물론, 시조 형식에 대한 자재로운 이해에서 기반한 작품을 장악하는 힘이 뒷받침되고 있다는 증거다. 이 시조에서 나타나는 형태 배열은 「납작집」에서는 길의 형태로 행 길이가 만들어지고 있음도 주목할 필요가 있다.

취준생을 다룬 시는 두 편이 더 있지만 장남숙의 현실

인식은 같은 소재를 다루더라도 다면적이고도 입체적인 방법으로 접근한다. "화려한 스펙 앞에 휘청이는 청춘들"(「삼선슬리퍼」)의 모습을 '삼선슬리퍼'라는 제목으로 잡아내면서 애잔한 마음의 파문을 울리는가 하면, "햇살에 꿈틀대는 퉁퉁 불은 알갱이"(「새싹보리」)로 형상화하면서 희망은 쉽게 다가오지 않는다는 현실 인식("낮은 곳 물들이며 느리게 걷는 바람")을 다지기도 한다. 그러나 그 근본 바탕에는 그들을 굳건하게 믿는다는 도저한 마음의 신뢰를 보내고 있다("연초록 잎들 펄럭여라/ 공시생의 이력서"). 사실 올 데까지 와버린 자본주의의 그늘을 걷어낸다는 건 쉽지 않다. 그래서 이렇듯 조급하지 않으면서도 느긋한 신뢰가 더 미덥다고 할 수 있다. 취준생에 대한 이런 시적 태도는 약수터에 박힌 자동차 바퀴 하나를 빠른 속도의 세상("탱탱한 고속도로")에 적응 못 하고 "페달 놓친 내리막"의 중년으로 잡은 「희망퇴직」 같은 작품으로 확장된다. 같은 소재라도 다르게 접근하는 이 두터운 현실 인식을 보면서 이 시인의 언어에 대한 탐구와 태도가 얼마나 진지한지를 살펴보는 것도 좋겠다.

여기서 얼마나 많은 고투 끝에 마침내 '하나의 얼굴'인 한 단어가 탄생하게 되는지, '시조 쓰기 과정'이라는 '메

타 형식'을 띤 작품들을 고찰해 보자.

올록볼록 기호가 탭댄스를 추고 있다
뒤엉킨 깨알 글씨 커서cursor는 종종걸음
흐릿한 안경 너머로 손끝이 부산하다

접었다 펼친 마음 모니터가 받아 읽고
행간을 뛰쳐나온 붉은 마음 일렁인다
꽃물 든 마음자리에 바람길은 터줘야지

어디쯤 가고 있을까 흘려보낸 꽃잎 하나
팍 찌르는 아침 햇살 문틈 새 말을 걸고
곱씹은 얼굴 하나가 꿈틀대며 일어선다
－「키보드를 읽다」전문

창작 과정을 보여준다는 점에서 이 시는 「술래잡기」와
짝을 이루는 작품이다. 「술래잡기」가 잎 다 떨어져 맨가
지로 겨울을 보내는 나무라는 유기체에 기대어 "삐쩍삐
쩍 말라"가는 낱말을 보며 봄빛에 돋아나는 새잎 같은 언
어를 기다리겠다는 유기체적 인식을 보여주고 있다면,

이 시조는 자판 앞에 앉아 시어 하나를 위해 불면의 밤을 보내다 "아침 햇살"이 비쳐들 무렵에야 한 단어가 비로소 "꿈틀대며 일어"서는 형상을 보여준다. 자판 앞에서 이런 저런 말이 섞여 흔들리는("뒤엉킨 깨알 글씨 커서는 종종걸음") 가운데서도 늦은 밤까지("흐릿한 안경 너머로") 언어를 골라보고(첫째 수), 가슴속의 뜨거운 감성이 막 붉게 일렁이며 "꽃물 든 마음자리"라는 영감이 왔다 생각했는데(둘째 수), 그것은 주관적 감정 과잉에 그쳐 냉정한 시상을 얻지 못하고 흘려보낸다. 그러나 놀라워라, 아침 햇살이 시인의 마음을 "꽉 찌르"면서 "곱씹은 얼굴 하나"라는 시어가 태어나는 것이다. 밤새 '하나의 언어를 선택하려는 마음과 버리려는 마음'이 길항하며 무수한 언어를 지우고 쓴("접었다 펼친 마음 모니터가 받아 읽고") 작업이 허사가 되었다. 하지만 감성이 소진될 무렵, 자신도 모르는 직관을 통해 시어가 태어난다. 이런 깨달음이 이 시조의 요체다. 이 같은 맥락으로 장남숙은 "콕콕 찌른 거친 문장/ 검지에 걸려있다"(「골무」)는 말로 시조 쓰기의 막막함을 표현하기도 한다. 그렇다. 그것이 현실의 어떤 국면을 다루든 인간을 다루든 가장 중요한 것은 그것에 맞게 언어를 어떻게 앉히는가 하는 서정의 몫이다.

다시 원래의 논의로 돌아와서, 이번에는 우리 시대의 가장 깊은 그늘 중의 하나가 되어버린, 폐휴지를 수거하는 노인을 묘사한 작품을 보기로 한다.

할머니 야윈 등이 골목길을 끌고 간다
새벽녘 시린 달빛 자박자박 걸어오고
불어난 세상 무게가 수레에 앉았다

올 풀린 시간들이 거리로 쏟아진다
덜컹이는 새벽바람 초점을 잃어가도
호흡을 가다듬으며 거리를 닦아낸다

모란꽃 환한 웃음 자식에게 내어주고
비탈길 누비면서 꿈을 줍고 있나 보다
아침 해 뒷굽 들고서 수레를 밀어주고
  －「뫼비우스의 띠」전문

장남숙의 시조 가운데 가장 서정성이 무르익은 작품이다. 빼어난 묘사와 함께 서사구조도 완벽하게 확보하고 있는 이 시조에는 연민의 정서를 바탕으로 시적 화자가 사물과의 교감을 이룬 경건한 미학이 들어 있다. 첫째 수는 "할머니 야윈 등이 골목길을 끌고 간다"거나 "시린 달빛 자박자박 걸어"온다, "불어난 세상 무게가 수레에 앉았다"는 말에서 보듯 주체를 이동한 솜씨가 너끈하다. 이는 시적 화자가 낮은 마음으로 골목으로 순례를 하면서, 사물로 마음이 이동하지 않으면 다다를 수 없는 서정의 방식을 사용하고 있다는 증거이다. 특히 종장은 할머니 삶의 무거움을 껴안으려는 마음이 닿은 묘사다. 둘째 수 초장 "올 풀린 시간들"은 몰려나오는 사람들의 형상이다. 바람이 종잡을 수 없이 부는("덜컹이는 새벽바람 초점을 잃어가도") 그 시간에도 할머니는 "거리를 닦아"내는 성자가 된다. 셋째 수에서 할머니는 "모란꽃 환한 웃음"이라는 자애로움과 지난 삶의 아름다움을 고스란히 "자식에게 내어주고" 스스로 "비탈길 누비면서" 마지막 생을 다시 산다. 이는 '뫼비우스의 띠'라는 제목과 내밀히 연결된다. 뫼비우스의 띠는 할머니 노동의 끝 지점이 시작점으로 돌아오는(종終→시始), 8 자를 닮은 비탈길의 형상이기도 하고, 할머니라는 바깥을 버리고 이제 '꿈'을 줍는 안의 몸으로 태어난다는 말의 역설적 함의도 들어 있다. 비탈길에 서 있는 할머니에 대한 시적 화자의 연민이 가닿은 가장 감동적인 부분은 "아침 해 뒷굽 들고서 수레를 밀어"준다는 부분이다. '뒷굽을 든다'는 말은 하늘이 인간의 모습을 하고 할머니의 그 고단한 노동을 감싸 안는다는 의미의 자장까지 거느리고 있으니 말이다.

장남숙의 관찰과 사유가 가닿은 다음 지점은 국제결혼과 다문화가족에 대한 이야기다. 통합으로 가야 하는 다문화 시대, 여전히 차별과 편견 속에 놓인 국제결혼 이주자의 문제는 우리 사회의 어두운 단면을 보여주기에 부족함이 없다.

한껏 꾸민 얼굴들이 진열대에 끼어있다
고향 바다 뒤로하고 진공 속 웅크린 채
한순간 바코드에 읽혀 드디어 탈출이다

주렁주렁 꽈리처럼 부풀었던 시간들
털어도 짓이겨져 달라붙은 하얀 속살
멍들이 찌그러진 캔에서 쏟아진다 와르르

젖은 구름 널어놓은 뜨엉의 푸른 꿈
순백의 아오자이 눈물꽃 어룽지고

푸석한 결혼계약서 가던 길 딱 멈춘다
  -「통조림」 전문

수면에서 허우적 발만 동동 구르다가

깨금발로 자리 잡고 온몸을 부풀린다

단 하루, 보랏빛 눈을 뜬다 세상 환한 물옥잠
  -「띠엔」 전문

「통조림」은 강렬한 비유와 잘 짜인 구조로 눈길을 끄는 작품이다. 통조림 속 어류와 국제결혼으로 한국에 시집온 베트남 여성 '뜨엉'이 나란히 병치된다. 통조림 포장에 매끈하게 찍힌 광고와 유리 칸막이 혹은 컴퓨터 화면마다 보이는 한껏 꾸민 여성의 얼굴, 바코드에 찍혀 팔려나가는 통조림과 결혼정보회사에 돈을 지급하고 선택된 여성, "털어도 짓이겨져 달라붙은 하얀 속살"이라는 내용물과 찢겨 나가는 여성의 정체성이 대응된다. 첫째 수중장 "고향 바다 뒤로하고 진공 속 웅크린 채"가 많은 상황을 암시한다. 고향 바다가 마음껏 헤엄을 치고 일렁이는 자유로 그녀를 살아 있게 만드는 터전 자체였다면, "진공 속 웅크린" 통조림 속에서의 삶은 숨죽임과 부자유로 앞날이 순탄치 않을 것임을 암시한다. 캔에서 나왔지만 그녀에게 남은 것은 "하얀 속살"의 "멍들"일 뿐, "꽈리처럼 부풀었던" 기대는 여지없이 깨지고, 젖은 마음을 널어놓은 푸른 희망은 얼룩진다. "푸석한 결혼계약서"마저 "가던 길 딱 멈"추게 하는 상황은 이 땅이 그녀에게 또 하나의 진공포장으로 이루어진 "찌그러진" 거대한 통조림 속이고, 그녀는 이미 조리된 어류일 뿐임을 깨닫게 한다. 제목이 '통조림'이라는 것이 그러한 우리의 예단을 뒷받침한다. 이 시조에서의 이미지는 "고향 바다"와 "푸른"에서 볼 수 있듯 자유와 싱싱한 활기를 상징하는 물이 점점 생기를 잃어 먼지("푸석한")가 되어가는 과정에 이른다. 통조림처럼 소비자의 취향에 따라 거래되고 정해진 규격으로 포장되는 국제결혼 이주자의 삶을 이 시조는 깊은 통찰과 서정성으로 빼어나게 그리고 있다.

「통조림」의 물이 자유로운 바다와 싱싱한 생기였다면 「띠엔」의 물은 온통 부정적인 이미지로 가득 차 있다. 여기서 물은 힘겹게 헤쳐 나가야 하는 생의 격렬한 고통과 비애, 고단함을 암시한다. 수면은 그녀를 물먹게 하고 삼

킬 듯 차올라 와서 "허우적 발만 동동 구르"게 한다. 그녀
가 물먹고 살거나 거기 빠지지 않기 위해서는 "깨금발로
자리 잡고 온몸을 부풀"려야 한다. 차오르는 세파, 물의
소용돌이 한가운데서 때로는 버둥거리며, 때로는 자맥질
하며 살아갈 수밖에 없는 것이다. 이런 삶의 신산 가운데
서 그녀가 "단 하루", "세상 환한 물옥잠"으로 "보랏빛 눈
을" 뜰 때가 있다. 고향으로 가는 날 설렘으로 가득한 그
녀의 생기를 말하려는 걸까? 그 하루가 언제인지는 문맥
에서 짐작하기가 쉽지 않지만 이주 여성의 마음속 본연
의 순수성이 최대치로 발현된 "세상 환한 물옥잠"의 비유
는 선명하다. 하지만 시인은 섣불리 그녀들의 희망찬 앞
날을 예견하지 않는다. 그것은 이주 여성들의 삶이 그리
호락호락하지 않기 때문이다.

2

우리는 지금까지 대체로 취업 준비생, 폐지 수거 노인,
이주 여성 등 후기산업사회의 그늘 속에 놓인 개인들의
삶을 서정적으로 형상화한 시조들을 살펴보았다. 장남
숙 시인은 이뿐만 아니라 자본주의사회가 가지는 욕망과

그 이면을 파헤치는 데도 날카로운 면모를 보인다. 엄격히 말하면 그 둘은 구분되지 않는다. 그러나 앞의 시들이 자본주의사회의 욕망이 파생한 주체들의 삶이라면, 지금 살펴볼 시편들은 그것을 가능하게 하는 우리 사회 이면의 욕망이라는 점에서 동전의 양면을 이룬다. 몇 편의 시조를 통해 그녀의 남다른 감각과 현실 인식, 그리고 그것의 지향을 확인해 보기로 한다.

스팸메일 지우듯 싹둑싹둑 잘라내도
낮 불 밝은 살롱은 루머가 크는 온실
엉터리 가짜 뉴스가 물들이며 치장이다

오랜 날 기다린 듯 끈 풀린 수다들이
해가 긴 오후만큼 끝없이 늘어지고
미용사 장갑 낀 손만 귀 닫고 한창이다

친친 감는 머리카락 뜬소문 리플레이
들통난 통화 내용 진짜라도 어쩔 건지
까맣게 염색한 세상 알고 보면 새치다
　－「진 헤어살롱」 전문

장남숙의 시조에서 후기산업사회의 일상이 만나는 징후를 발견하는 것은 어려운 일이 아니다. 「진 헤어살롱」에서는 '스팸메일'과 '가짜 뉴스' 같은 용어가 단적인 예다. "스팸메일 지우듯 싹둑싹둑 잘라내도"의 첫출발부터 범상치 않다. 우리는 무더기로 송신되는 소식과 뉴스 기사를 매일이다시피 받지만, 대부분 미확인된 사실이다. 그것은 잘라내도 금방 돋아나는 성질을 가졌다. 첫째 수 종장 "엉터리 가짜 뉴스가 물들이며 치장이다"와 셋째 수 종장 "까맣게 염색한 세상 알고 보면 새치다"가 핵심 문장으로 서로 맞받으면서 시조의 울림을 크게 하고 있다. 거기다 둘째 수 종장 "미용사 장갑 낀 손만 귀 닫고 한창이다"에서 나타나는 엉뚱함은 타인에 대한 험담 욕망으로부터 벗어난 것은 손밖에 없다는 반전이 아니고 무엇이겠는가. 시인에 의하면 헤어살롱은 루머라는 음험한 욕망이 자라나고 "뜬소문[이] 리플레이"되는 곳이다. "낮불 밝은"이라는 표현에는 불은 밝으나 실은 가장 음침한 곳이라는 통찰이 들어 있다. 셋째 수 중장 "들통난 통화 내용 진짜라도 어쩔 건지"의 진짜는 진실이라는 뜻과는 반대가 되는 그 소문이 진짜이기를 바라는 마음이 들어간 섬뜩한 의미를 풍긴다. 그러니 이 시가 입체적이라는 것이다. "까맣게 염색한 세상[은] 알고 보면" 우리의 민낯("새치")이 아닌가. 그런 점에서 '진 헤어살롱'이라는 말 자체는 이 당대 문화에 대한 통쾌한 풍자가 아닐 수 없다. 가짜의 허울로 가득한 곳곳에서 번식하는 인간의 욕망은 주로 타자를 향한다. 남의 말을, 그것도 거짓으로 부풀려 하는 동시대인의 번드르르한 욕망의 외피 속에서 우리는 가짜 삶을 살고 있다. 염색이라는 일상적 소재를 통해 동시대의 풍경과 인간관계를 냉정하게 드러낸 시편이다. 오늘날 일상의 정수를 이렇게 직핍해 나가는 이 시 역시 '헤어살롱이 우리 사회의 축소판'이라는 점에서 시인 특유의 공간 창조 능력을 볼 수 있다.

한 번도 제 옷을 입어본 적 없었다
얼기설기 시침핀 허리춤을 찌르고
온종일 부동자세로 눈을 뜬 채 꿈꾼다

당겨 온 계절 따라 거짓 웃음 흘리고
핏기 없는 그녀가 유리벽에 마주 선다
후다닥 갈아입은 옷 정가표가 도도하다

관절이 삐걱댈 때 쉼표 하나 생길까

레이스 자락 속에 시린 속내 매달았나

무표정 데칼코마니 한 번쯤은 걷고 싶다

　－「마네킹을 보다」 전문

진실이 가려진 생명 불모의 현대성을 마네킹만큼 잘
보여주는 사물도 드물다. 이 시조 역시 「진 헤어살롱」처
럼 가짜와 가장假裝에 대한 통찰이 들어가 있다. 마네킹
의 화려한 모습 속에는 "거짓 웃음 흘리"는 위선이 존재한
다. 이는 한 번도 자기 삶을 살아보지 못한("한 번도 제 옷
을 입어본 적 없"는) 주체성을 상실한 인간의 모습이다. 핏
기를 잃어버리고("핏기 없는 그녀"), 타자의 시선 앞에 갇
혀("유리벽에 마주 선다"), 자신의 도도함을 내세운 채("정
가표가 도도하다"), 급하게 표정을 갈아 끼우거나("후다닥
갈아입은 옷"), 꿈도 제대로 꾸지 못하는 어색한 자세("온
종일 부동자세로 눈을 뜬 채 꿈꾼다")는 우리가 매일 만나는
현대인의 초상이 아니고 무엇이겠는가? 그들에게도 생
의 뒷면에는 상처와 시린 속내가 다 있지만("시침핀 허리
춤을 찌르고", "레이스 자락 속에 시린 속내 매달았나") 쉼표 하

나 없이 매일을 견디며 살아간다.

3

그러나 위의 시조는 당대인들의 위선과 거짓을 찌르는 의도 너머 존재한다. '타자'에게로 향하던 눈길이 '나'에게로 방향을 전환하는 지점을 거느리고 있기 때문이다. 마네킹을 굳이 ('그'라고 하지 않고) '그녀'라고 한 점을 유의할 필요가 있다. 특히 무심한 듯 던지는 셋째 수 종장 "무표정 데칼코마니 한 번쯤은 걷고 싶다"는 마네킹에 대한 관찰과 함께 은밀히 자신에게로도 향하고 있다. '마네킹'의 '그녀'가 '나'로 이동되는 지점에 이 시조의 묘미가 있는 것이다. 그런 점에서 이 시조는 타자의 시선 속에 갇힌 생을 스스로 걷어내고 자신 속의 어둠, 자신의 지옥을 내파하는 일에 더 많이 기울고 있다. 다음 시조는 그것의 연장선상에서 파악할 수 있는 작품이다.

숨죽인 뽀얀 얼굴 철커덕 갇힌 세상

밑바닥 조여오는 푸른 불꽃 등줄기

아우성 출구를 찾아 사방으로 흩어진다

창밖은 봄의 시계 끈 풀린 애드벌룬

압력은 정점에 닿아 이팝나무 꽃이 피고

천지에 실눈 뜬 봄이 폭발하는 중이다
　－「압력밥솥」전문

"숨죽인 뽀얀 얼굴", 쌀은 시적 화자의 표상이다. 화자
는 그 안에 스스로 갇힌다. 여기에 더하여 밑에 "푸른 불
꽃 등줄기"를 갖다 댄다. 화자는 공기가 희박한 공간에
서 고독과 집중을 선택하고 내압耐壓의 강도는 점점 더 세
어진다. 그럴수록 쌀이 익어가듯 화자는 숙성된다. 그것
은 "아우성 출구를 찾아 사방으로 흩어진" 이후에도 계속
된다. 밥솥은 화자의 정신이 성숙되는 방이다. 그것은 안
으로의 채찍질을 통한 정신의 단련과 관련된다. 이 시조
는 여기에 그치지 않는다. 이 작품의 진정한 의미는 압력
밥솥의 안과 바깥의 이팝나무, 봄과의 관련성 속에서 깊

어진다. 압력의 발화점을 시조가 터지는 지점이라 한다
면, 내면의 성숙이 더해질수록 내밀한 작품이 태어난다.
장남숙의 시조 쓰기는 내밀한 고독과 집중을 통하여 자
신의 내면을 성숙시키고 그 내밀한 힘으로 타자를 향하
는 데 있다. "압력은 정점에 닿아 이팝나무 꽃이 피"어난
다는 의미가 여기에 있다. 그것은 결국 사방에 봄을 불러
와 터지게 하는 시대적 정서로 향한다("천지에 실눈 뜬 봄
이 폭발하는 중이다"). 안으로 안으로만 향하던 고독과 집
중을 마침내 천지로 확산시켜 뭇 생명을 일깨우고 궁극
적으로 세상을 생명 가진 봄으로 변화시키는 것, 그것이
그녀의 시조가 가지는 궁극의 지향점이다. 장남숙 시인
의 의식은 이제 살아 있는 감각과 원숙한 서정성으로 안
과 밖, 닫힘과 열림의 경계를 무화시키는 방향으로 나아
가고 있는 것이다.

4

　지금까지 필자는 장남숙이 '시조는 당대의 노래'라는
본령을 잘 지키면서 후기산업사회의 당대적 현실이 거
느리는 그늘의 국면을 형상화한 시편들을 몇 가지 세목

으로 나누어 고찰해 보았다. 거칠게 말하면 그녀의 시조가 취업 준비생, 폐지 수거 노인, 이주 여성 등 개인들의 삶을 형상화한 시조에서, 자본주의사회가 가지는 욕망과 그 이면을 파헤치는 시조로, 나아가 타자와 사회의 욕망으로 향하던 눈길이 '나'에게로 방향을 전환하면서 그것을 사방으로 확산시키는 시조로 나아가는 과정을 살핀 셈이다. 물론 그 과정은 천편일률적으로 이루어질 수도 없고 그럴 필요도 없다. 시대적 현실이 강퍅할수록 자아의 내면은 더 옹골차고 맵짠 생명의 언어로 무장할 때 세상에 대한 대응 의지도 그만큼 커질 것이다. 가짜 욕망과 천박한 아름다움으로 덮인 이 현실에서 낮은 곳에 촉수를 내리는 특유의 서정성으로 자신만의 시적 공간을 창출하고, 마침내 자신의 안과 밖을 무화시키며 현실의 외피 속에 가려진 진실을 채굴하는 작업을 계속해 나갈 그녀에게 거는 우리의 기대가 큰 이유가 여기에 있다.